摇摆吧
绣球花

*Yaobaiba*
*Xiuqiuhua*

杜煜宇◎著

安徽师范大学出版社
ANHUI NORMAL UNIVERSITY PRESS
· 芜湖 ·

**图书在版编目(CIP)数据**

摇摆吧,绣球花 / 杜煜宇著.— 芜湖:安徽师范大学出版社,2020.9(2024.6重印)
ISBN 978-7-5676-4767-1

Ⅰ.①摇… Ⅱ.①杜… Ⅲ.①诗集 – 中国 – 当代 Ⅳ.①I227

中国版本图书馆CIP数据核字(2020)第175081号

**摇摆吧,绣球花**　　　　　　　　　杜煜宇◎著

责任编辑:吴　琼　　　　责任校对:李克非
装帧设计:丁奕奕　　　　责任印制:桑国磊
出版发行:安徽师范大学出版社
　　　　　芜湖市九华南路189号安徽师范大学花津校区

网　　　址:http://www.ahnupress.com/
发 行 部:0553-3883578　5910327　5910310(传真)
印　　刷:阳谷毕升印务有限公司
版　　次:2020年9月第1版
印　　次:2024年6月第2次印刷
规　　格:700 mm×1000 mm　1/16
印　　张:9
字　　数:108千字
书　　号:ISBN 978-7-5676-4767-1
定　　价:36.00元

如发现印装质量问题,影响阅读,请与发行部联系调换。

# 灵魂的火焰在歌唱

徐春芳

对诗人来说，易求无价宝，难得知音赏。一直以来，诗歌的好坏难辨，评论家很难不误导读者。所以，我是一个不爱写序写评论文章的人。这次，河南女诗人煜儿找到我，让我为她的诗集写几句。千里外的盛情让我深感荣幸，便勉为其难地答应了，希望读者能以此序更加走进诗人的内心世界。

我认识煜儿时间不长。有年中秋节的时候，山东诗人马启代兄在聊城举办山东诗人年度颁奖典礼，我与煜儿便在这次典礼上相遇。当时的会上诗星璀璨，盛况空前。参会的诗人比较多，在河南女诗人鲁蕙把煜儿介绍给我的时候，我们只是寒暄了几句。后来，在一次用餐的时候，厦门大学教授庄伟杰兄喜笑颜开地指着煜儿对我说："你们两个长得像兄妹。"我认真看了"美女诗人"几眼，比我这只"青蛙"靓丽多了，感觉她没什么地方和我长得像的。不过在伟杰兄、大枪兄等人的鼓动下，我开心地认下了煜儿这个小妹，正好她和我亲妹妹同年。

后来有缘，我和煜儿又见了两次面，都是在诗会上相遇。一次是在诗人韩庆成举办的中国网络诗歌20周年纪念会上，一次是在诗人小鱼儿于扬州举办的诗歌报金秋诗会上。虽然每次见面都没说上两句话，但几次相见，便面熟了，也通过社交平台拜读了不少煜儿的诗歌，感觉她的诗具有唯美倾向，有南唐诗词绚丽婀娜的感觉，如听子夜姑娘在唱缠绵热烈的吴歌，和我的诗歌趣味相投，很是喜欢。

应该说，煜儿的诗我都通读了一遍。最喜欢的，还是那些抒发怀古幽思的诗，感觉是看到了某个受过情伤的古代女子穿越到现代社会香腮映雪、铜镜照花后回眸流盼、顾影自怜的模样，读后令人齿颊留香。做一个在中原沃土上成长并回望锦绣历史的诗人是幸福的，河南的每一寸土地上都有着荡气回肠的故事。如《桃花扇，秦淮河》，是煜儿在商丘工作期间，写下的关于侯方域和李香君爱情故事的诗歌。"归德府重重剑影/烙入桃花扇/青砖里的嘈杂依旧/还有一湖绿水，人云亦云/只有金陵的风是安静的/准备接回姑娘"。归德府是商丘的古名，桃花扇里悼南明王朝的灭亡，曲终人不见，只有金陵的风飘着难言的感伤。如《立冬夜》一诗，怀念《清明上河图》中北宋开封的繁华，通过"瘦金体"怀想宋徽宗的艺术才华和亡国恨。"一阙词今夜相遇瘦金体/河舟上美人出舞。万国朝邦/清明上河图不知道/有天会离殇，会灌醉不能折返土地/大宋木质楼台上王小姐又抛绣球/甜蜜沸腾。且让繁花勿辞树"。缠绵悱恻的诗句扑面而来，让人通过诗句沉思历史，在杜鹃啼血般的歌唱里感怀。可以说，写令人心旌摇荡的诗句，是伤神的；读美人芳草的诗句，是有福的。

应该说，煜儿诗歌最大的特点是，善于用哀婉绮艳的诗句，营造如梦如幻的叙事或抒情氛围，让一个个词语鲜活起来，直指人心，直达阅读的快感。她的诗，有红杏梢头的娇艳，有黄鸟嘤嘤的闲逸，有满院落花的哀怨。从一个诗人的诗句可以看出，只要是歌唱而非反抒情或零度叙事的诗人，灵魂里一定住着可以焚天煮海的火焰。煜儿诗歌里，安顿着燃烧激情的灵魂，在唯美而嘹亮地歌唱。文章合为时而著，这句话我是不喜欢的。我觉得，诗应该是合为心而著。从心里流淌出来，感染打动更多的心灵。煜儿的诗就具有如此的功效，可以和读者产生心灵的共振。

作为一个现代诗人，煜儿的诗歌是摇曳多姿、指向多样的。她的诗，有写安徒生童话故事的清浅，有写生活里一时的感悟，有对历史故事的理解。诗句或清灵地舞蹈，或厚重地碾压，或跳跃着奔跑，体现了煜儿诗歌的多面性和立体感。

应该说，煜儿的诗歌极具成长性，未来的前途不可限量。读煜儿的诗，如读晚倦梳头的李清照，黄昏月淡的柳如是，寂寞梨花的朱淑真，冷雨幽窗的冯小青，带着独特的古典韵味，展露了女诗人的芳华绝代；更如读青春版的阿赫玛托娃，经验的丰富性、词语拼盘的现代性和灵魂絮语的相对性，在文本中无处不在。阿赫玛托娃经历了人间无数的喜乐和苦难后，成长为俄罗斯诗坛的月亮。人生如梦，风光紧急，我对煜儿的寄望亦如是。

# 目　录

卷首诗 ·········································· 001

## 清　欢

菊花茶 ······················· 003　　暖　气 ······················· 017

江边望月 ···················· 004　　夜色中桃花微凉 ·········· 018

时光的硬骨 ················· 005　　吹不散眉弯 ·············· 020

某个时刻 ···················· 006　　下雪了 ······················· 021

蔷薇印记 ···················· 007　　春　天(组诗) ·········· 022

苎麻团扇 ···················· 008　　灰麻雀 ······················· 027

秘境之境 ···················· 009　　年　轮 ······················· 028

摇摆吧,绣球花 ············ 010　　那些捡拾星光的人 ······ 029

光 ····························· 011　　倒挂着风 ·················· 030

风把你卷了进来 ·········· 012　　山　谷 ······················· 031

轮　廓 ······················· 013　　夏　安 ······················· 032

镜　中 ······················· 014　　风吹洛河 ·················· 034

月亮上的星 ················· 015　　等 ····························· 035

之　外 ······················· 016　　空洞 ························· 036

## 逆　风

空　吟 ······················· 039　　鳞次栉比 ·················· 041

石榴花开 ···················· 040　　虚无一种 ·················· 042

春天里的珊瑚礁 ·········043
秋风正在易名 ·········044
拂 雪 ·········045
余 温 ·········046
风，告诉我 ·········047
出 关 ·········048
理 由 ·········049
大运河 ·········050

托 词 ·········051
飞 蛾 ·········052
迟来的春天 ·········053
知 了 ·········054
红月亮 ·········055
原谅我的身不由己 ·········056
我不知道风往哪去 ·········057

## 静 默

炊 烟 ·········061
春 绣 ·········063
勿念他归 ·········064
中秋桂香 ·········065
雨 ·········066
路过春天 ·········067
汉江过江城 ·········069
猫 妮 ·········070
过 年 ·········071

我们何尝不是一片雪花 ·········072
思
　　——悼游子雪松 ·········073
静坐思 ·········074
遥望庚子黄鹤楼 ·········075
母 亲 ·········076
蔷薇背面 ·········077
天黑黑 ·········078
偏 旁 ·········080

## 历史的回溯

在人间 ·········083
上古一隅(组诗) ·········085
落 雪 ·········089
点 滴(组诗) ·········090
碑林，碑林 ·········091

什刹海圆月 ·········092
归德痕迹(组诗) ·········093
山陕会馆 ·········098
无 题 ·········099
安徒生童话(组诗) ·········100

回眸扬州(组诗) ·············102　　人间(组诗) ·············106

缺　口 ·············105

节　气

夏至未至 ·············113　　雨　水 ·············119

立冬夜 ·············115　　惊　蛰 ·············120

大　雪 ·············116　　又见惊蛰 ·············121

冬　至 ·············117　　春　分 ·············122

立春辞 ·············118　　谷　雨 ·············123

代后记 ·····························125

编辑手记 ·····························129

# 和一朵玫瑰去莫高窟

每个洞窟都有一尊佛

每尊佛都证明夙愿以偿

暴雨穿过我祈祷的结界

油彩脱落后雕像保持微笑


飞天女神流动的薄纱比玫瑰更加芬芳

风把我们卷入古老苍凉语言

时间消失

玫瑰从身上摘下一瓣火焰


雕像黑色眼睛饱含悲悯

光芒清亮

沙丘涌动成巨大阴影

阳光埋藏现实梦境


我抱着最后三瓣玫瑰离去时碧空如洗


（2019 年 11 月 15 日）

清 欢

## ◆　菊花茶

以流落夏风姿态沁入茶杯
堆积出无法弥合的冷淡
清晨还是黄昏,在太阳慢慢和地平线交接之时
我问你
何处来,何处去,为何果
你打马而过

岁月叩响门板,星子揉着眼睛开门
岁月打个喷嚏带出眼泪,忘了
究竟是哪颗星借细碎的光浣洗
我问你
愿归否,愿留否,有愿否
你一笑而过

水已尽,光已尽,菊花还留在茶园

（2014年6月26日）

## ◆ 江边望月

只想,打捞一轮圆月
收藏
可那波光里,鱼跃不息

脱色粉簪,和草鞋
有长长的梦
从江的一边,到另一边
撑伞的书生,在等春风
和一闪而过的
回眸

月,圆了
不知,沙砾又潜入了哪只蚌

（2017年9月20日）

## ◆　　时光的硬骨

寂静的千亿年传出
古琴乐①声声入芳华


有雨水从屋檐滴落，红莲花瓣
打湿沉默
怀揣减字谱，挚起华夏传承
点亮微弱烛光
照亮纯爱光泽。月影斑驳

当翅膀越过沧海桑田，七弦诵读洁白月光

（2017 年 10 月 11 日）

---

①古琴乐深邃、简洁、从容。古琴的表现力让听者为之动容、动情，幽深的情怀直达心底，激荡、回旋。这与古代文人所追求的精神意境有着极大的契合之处。

## ◆ 某个时刻

星光疗愈行路的人，月亮躲入寂寥
风过去后雪花追逐
喃喃木楼，薰衣草香气
捻一缕怀念


列车叫醒失神的人，温柔细雨播撒
梦落地后遗忘
听故事的人，栖息没署名信纸
雨露照亮清晨中你的闪烁


不断穿越时光断层，寻找——

（2017年11月12日）

◆ **蔷薇印记**

盛夏随了一抹香气

月光徜徉浓郁后香

篱笆黑漆漆的眼角繁花似锦

七月蔷薇半梦半醒

香气封印道别

时光碎片斑驳

（2017 年 12 月 18 日）

## ◆　苎麻团扇

城南花开团扇上，我浑身刺满花香
你是久久漫夜的一寸梦。我是一株苎麻
梦幻倒影你浅笑
乌丝飘，碧色裙摆走过市井
羞涩仙女湖粼粼波光抚平记忆痕迹

做你的摇曳夏衫还是安静屏风
青霜白水稻花香。做一把团扇吧
陪你吟诗过桃花，解你眉间雪
繁华若梦。千年不及一句低语

（2018 年 11 月 30 日）

## ◆ 秘境之境

迷失在极光尽头
舷窗沉浮红海
旁边山川寂寥,街市熙攘
"我的心略大于整个宇宙"
人群竞逐梦幻岛月光宝盒

唯你是生机勃勃繁花的一部分
炎热的马丘比丘,吴哥窟的树洞
生活在生活之外。屹立于
特别的光,特别的风
沉溺。静止于一双脚的希望和坚毅

榕树倒影里捧起大片大片洁白云朵,幻梦若真

(2018年12月20日)

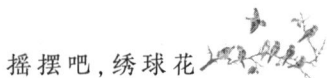

## ◆　　摇摆吧，绣球花

绣球花似圆形的梦，怒放
我们尝试对话才发现不可说
我有朋友有家人有爱。绣球花呢
它有花朵有种子有暮光里的招摇。
我们一起看月亮看星星
听水流动。各怀心事

沧海桑田。那天，绣球花低声说
你可以和我一起摇摆

（2019 年 6 月 30 日）

## ◆　光

走过

一寸寸尘世

灰色迷雾翩翩独舞

等待秋风掀起绿叶最后底色

日子匆忙抱紧双臂

车流将红色按进夜色

雾霾,蓝绣花长裙裙摆飞扬

（2019 年 9 月 21 日）

## ◆　风把你卷了进来

现在就是最美的时候。一片绯云慢慢漫过去
秋风里绿树成荫，金桂和白玫还在
降落的时候打开伞包。航行的时候没有风暴——
我只爱虚度光阴。那时
苇叶可渡江
风，把你卷了进来

（2019年10月15日）

◆　　轮　廓

热爱花朵的人手持雪花

在帕米尔高原游走

盲眼闪着金色光芒,所到之处牛羊停止歌唱——

词不达意便无法将自己翻译出盲区


时间这条湿淋淋的毛巾覆盖上世间

小雏菊睡醒时有白霜

采撷的人没有空手而归

新打的桂花糕面对慕士塔格峰弥漫甜香

（2019 年 10 月 15 日）

## ◆ 镜 中

秋风灌满整个世间

太空舱穿过膨胀欲裂云朵

刻舟求剑的人一直未回

逐日的孩子还在奔跑

骤雨，每颗雨滴都有蓝色天空碎片


广阔江面是个脸盲，只爱有辨识度的歌声

装扮浪花

群山入梦。静寂

废弃的渡轮俯视浅滩

热气球飘过沉默的鹅卵石褶皱


从江中打捞半粒月色挂在船身吧

照亮奔跑的眼睛

照亮踉跄的归途

照亮一瓢水未知的航线

和江心里失重的曲率飞船

（2019 年 10 月 29 日）

◆ **月亮上的星**

那些娇嫩的梅花躺在雪上
新月白得毫无秘密
我多想给围观的石头词汇，点燃
这段故事的漩涡

命运不会被一场雪改变
无处安放的忧伤适合长明灯
有人面颊刻字脚步踉跄
雪覆下山峦若安静羊群

星子沉默柔软地集合在月亮背面

（2019年10月30日）

# ◆  之  外①

初冬，风沙灌入眼睛

不像酸涩词汇

无名的岛屿

自由呼吸


生命漂流在晨曦时碎裂

旋转枯叶不懂慰藉

人生迷境转身

雨夹雪下得认真


飞翔的方式坠落或者深埋

铭记在默哀之外

（2019 年 11 月 13 日）

---

① 本诗为悼念2019年11月在郑州工地事故中遇难的同胞而作。

## ◆　暖　气

暖气很足的房间才会有冰

你顺着长长的柏油路雪花般徜徉
黑暗弥漫,灯火如豆
你挥手告别往事
我开始照顾绿植和花朵
我们将自己出离

017

（2019 年 12 月 4 日）

## ◆ 夜色中桃花微凉

雷泽一万年前的那朵花开了吗

我怀揣雨水流浪
时空由碎片凝聚
伏羲之后，上古雷泽的生命四海八荒奔散
哥哥，我们都可以给自己崭新：
人间未尝不好，只要你像他们那样
爱

我忘了如何让云朵漂移、巨浪涌动
也忘了河流走向、石头梦呓
只记得你眉头紧锁，"今天又没有发芽"
其实　雷泽三千年前已成桃源
而那些桃花　因一个唤作妲己的女子
冰封
时光的手抚过明晃晃冰坨
暖不了片刻寒色

他们说春天是虚像

我想 爱并不约等于春天

（2019 年 12 月 29 日）

## ◆　吹不散眉弯

担水劈柴烧饭　洒扫
欣悦充溢

麻雀偶栖　院内古井旁经年冰洁累积
拾光酒窝笑声洒落
祈国泰民安　风调雨顺

"妞妞，你们为自己求什么呢？"

仰望树叶间月色浮动
露珠映不出洁白笑容

深冬　晨曦大桥下水天一色
流过指缝慈悲汇聚——
等待温暖问路

（2020 年 1 月 7 日）

## ◆ 下雪了

那个春天的晚上,我看到了
夜幕被撕裂
神秘的凉白糖结晶
古老的棱镜
一场雪同时落在了
哥哥的天台
我的客厅

(2020年2月17日)

## ◆　春　天（组诗）

### 又轻又美

阳光和湖水微漾
我经过石头，世界像一个封闭的盒子
豁然打开

有人举杯
有人吟诗
我仍无法泅渡黑色
有人建议金银花治疗

我们这些草木尚不知
舍身为药

### 读一个人的诗句

踩着一个人足迹回旋
如风淡吟平平仄星河
进入五千年凝练

夜色满溢

拿出身体里所有雨水

轻拭唐朝圆月。依偎

金色柔软和甜涩


## 春天慢啊慢

比春雨慢的是春风

比春风慢的是去年春末红锦鲤

比去年那尾锦鲤慢的是前年立春播的种子,像

我一样没有破土


冬天下面,春天上面

植物园侧面,几枝黄腊梅斜出青瓦院

微信里无人赞梅香,若

梅花糕甜腻腻消失在夜色般苍茫


总挽着春天的小手,陌上花开

鸟鸣啾啾,柔情辗转

春衫空寂出整个宋朝柳梢头的月光

漫溢半句娇羞


暮色四合,春天又慢了半拍

## 仅此而已

所有脚步都窒息

你在对我讲话

18楼窗外白玉兰奏乐

语言雕琢

今日雨水节气

下班前两分钟

你在对我讲话——

"哦"

## 类似的经验

滑旱冰我有很多摔倒经验

家常饭我有很多烫伤经验


带娃我有很多喜怒哀乐经验

工作我有很多赤黄青蓝经验


购物我有很多欲语还休经验

熬夜我有很多咖啡大赏经验


春天

屋外婴儿哭得抓心抓肺

人们说，是猫叫

这些类似的经验


## 刚刚发生过

又体会粉红一瓣瓣告别
一时间,心房雪花冰冻


菠萝、芒果、香蕉、哈密瓜逐个
以甜蜜名义升温生活
薯片融化成半粒故乡土
吃进整个童年


记得
果冻里椰肉一直
是你递给我吃
像此时
花蕊坚持
貌似圆满的凋零


## 透过芦苇

初冬
芦苇还被色彩控制
鸟鸣穿梭
龙子湖不断起伏

雪花好像不会到来

我们漫步湖心岛塑胶道
体育馆心跳加速
图书馆落叶坠地
商朝流水闪烁

芦苇不甘背负沉默命运
每次云朵擦亮风声时都
咬牙摇晃
透过芦苇
有落叶和水声，没有寒凉

（2020 年 2 月 19 日）

## ◆ 灰麻雀

像每栋楼都有自己的根

这只最小的灰麻雀 划过

雾蒙蒙拥挤

记得自己的巢

雏菊味黄昏送别迁徙

蓝绸天空又滑又凉

灰麻雀掠过树枝，在百谷归仓

在万物深眠，灰麻雀掠过树枝

（2020 年 2 月 29 日）

## ◆ 年 轮

年轮在褶皱里荡漾

身体唯余月光

陈酿空了,饮酒的人也

留滞他乡


春日

放一半杏花,一半桃花

再装些嘈杂和眼泪

拿出柔软和莺啼

将婉转打包

寄给虚无收留


更深露重

记得梳理

藏匿

早已用旧的羽毛

（2020 年 3 月 7 日）

028

◆　**那些捡拾星光的人**

面孔都有些甜
凑手时，就捡拾星光碎片
旧衣裳蹚古河水，《广陵散》飘荡

星光碎片割不破执念
碎片多过露珠迷宫

这些人，好像
不关心苍穹，也不思念
银河

（2020 年 3 月 19 日）

## ◆ 倒挂着风

古树挂着红灯笼
四更天，忘了摇摆

弄堂里那块青砖，还痴等
一滴水回放成云，一个人
重返餐桌

030

春天，沉默苍茫的街道
街道就是沉默
天空轻飘飘躺下

云朵无言
风扶起天空的空酒瓶
饮尽最后半滴。钻进

纸糊的红灯笼里
清唱新曲。迷离
所有过去的明天

（2020年3月28日）

## ◆ 山 谷

天桥上,我和一颗星星对视

天空倒转成巨大的山谷

星星在海棠花里怒放

粉色光芒涌入我的眼眶

泪水们大呼

——忘川一样的山谷

没有回声

几点鸟鸣,这山谷

送给我数百的期待值

春天里每个女子

用挑选过春桃的手,挽起

星星。云朵涌动

素手、星星浅淡飘过云朵,相逢

月光的梦

(2020 年 4 月 14 日)

## ◆　夏　安

想一个人，空气会倒流
他的影子

"陌上花开缓缓归，
草头露曦循循回。"

玫瑰绽放
赤橙黄绿青蓝紫的轻语

桑葚，樱桃，榴莲
还是奶油拉花，芒果千层
马卡龙或者巧克力切片点缀
的半片鲜草莓。确切的甜

你沉默如谜
谜沉默如你

秒热，融掉蓝莓酱圣代
我拿着纸杯摇晃——

百花千草的气息

飘回你的沧海

（2020 年 5 月 1 日）

## ◆　风吹洛河

风从洛河飘出
拉起莲瓣跳仓颉舞
晃动着像凉亭盖子的大荷叶
翻译出散步的白话文。标注回忆点
那些莲瓣扯着裙摆，夜色中羞红

与木舟捉迷藏，伸手拂动
我纯白羽毛裙上羽毛的梦
嗯，瞬间永恒停滞
裙上的羽毛荷香四溢
我的莲子还在生长

（2020年6月4日）

## ◆　等

我在月季园数着花瓣等
孩子的哈根达斯冒着冷气等
小广场舞着月光等
岁月弹着梅花三弄等

七月翻转同款烧烤
从驿站飞出路过
唐诗在童音中打马而来
期待与承诺透过空间交换

我喜欢这等着的世间
它像梦
每一次等
都传来苍茫的古弦音

（2020 年 7 月 12 日）

## ◆　空　洞

采露水的手,拼不全整句话
秦时上弦月漏记字节
《史记》书不下细枝末节碰撞
声响。翻看乐谱,月色弹不出
你眼里星光

采露水的手,演绎缝补
盛唐春雨踩塌的脚印。斟不满
一出桃花酿折子戏沉浮
奔走。寻遍栏杆,睫毛噙不住
你半个回答

从海棠、紫薇、玫瑰花瓣上收集
露水,滋养记忆空洞
给予生命下挫的完整。水波流动
言语凝滞
你在空洞里端坐

（2020 年 7 月 31 日）

逆风

## ◆　空　吟

生而未知

知而未识

识而未解

解而未明


木的,竹的,铁的,哪怕金的

一样的签词

纠结的,缠绕的

就是水漫金山的过往吗?

嗔笑的,呢喃的

就是庄生晓梦的蝴蝶吗?


（2015 年 11 月 30 日）

◆　　**石榴花开**

有的石榴花还在枝上，有的已落
区别于暴雨的偶然
一样鲜活的红，和
重叠花瓣

（2018 年 1 月 17 日）

## ◆　　鳞次栉比

不是密麻麻五千年字符
抚过时间洪流,不是
重峦叠嶂的青山

日出,星辰和风一起消失
模糊的脸庞上闪动
最后的波光

有人说,绿茵繁茂的彼岸
梦想是西西里的美丽传说

（2018 年 3 月 2 日）

### ◆　虚无一种

我们在宽阔的周朝月色下徜徉
穿越梧桐叶摇曳的五代十国
唐诗宋词元曲的翰林院
墨色依旧

秦淮河木桨划过嘈杂的悲喜
石板路油纸伞落白谁的光阴
素手弦乐凉，零丁洋空空
一个背影，留给世人

金陵月光下粽香飘远
梅雨季的雨滴打湿了秋千

（2018 年 4 月 13 日）

## ◆　　春天里的珊瑚礁

狂欢的派对还在继续

你安静得像珊瑚,颜色趋白

海洋汹涌着戴上荧光之冠

草鱼们无从知晓深海升温


换季的咽炎像极了爱情,总想

为伊人曲折高歌

窗外湖水清澈,白云浮游

十里桃花旖旎

深海中珊瑚礁白化

043

春风拂过甲板上酣畅淋漓的人群

繁星映照在大海


（2019年3月3日）

## ◆　秋风正在易名

拿走玲珑曲线和花瓣的手
拿不走绿色
法桐在红枫叶和黄银杏叶中逆行


橘色马甲拾起秋叶
法桐被秋风掠过

（2019 年 9 月 30 日）

◆　　拂　雪

雪又落。你看
"大地一片白茫茫"
连结了薄冰的小溪都是白色
我的睫毛承受了一层层
又一层层落雪
慢慢成为一个雪人

恍惚间我看到——
常羊山那些黑色石头不停喘息
夸父借白月光三维空间外逐日
仓颉以六种字的方式记录遗忘
共工撞断不周山天空色彩斑斓
众神闪过

谁书写永生,谁布道传说
从第一朵雪花融化开始
我看到自己进入一小束春风

（2019年10月1日）

◆　　余　温[1]

谁见到春分那天我妈妈了吗？
只要有她的消息
我可以拿出我所有粉芯棉花糖
蓬蓬裙，课外书
拿出我的春天，拿出我的秋天


我不是朵拉爱探险，我只要妈妈
我不要烟头堆积的爸爸
巨大的爆炸后妈妈再没回来，在响水
我再没乘着木马旋转


妈妈送的天使储钱罐我已填满。每晚
我抱着入睡
妈妈奖励的钱余温尚存——
总是担心我走失的妈妈
忘了回家

（2019 年 10 月 15 日）

---

[1] 本诗为悼念在 2019 年 3 月江苏响水特大爆炸事故中的遇难同胞而作。

## ◆　风,告诉我

脚步能踏过那片荆棘么

静溢。簌簌坠啊落花瓣
堆积夜色中江水祈祷

（2019 年 11 月 15 日）

摇摆吧，绣球花

◆ 出 关

从早高峰地铁闸机蜂拥而出
乘电梯升至阳光普照中奔波
熙攘里好多人说自己，并没有出关

（2019 年 11 月 21 日）

048

## ◆　理　由

瑟瑟发抖的麻雀钻进树洞
楼兰城啊,枝头高悬百灵鸟新歌

歌唱一个温热的吻,还是云朵洁白
选对的人已上岸
留下的迷宫徘徊
唱一半的歌遁入楼兰更微小沙粒。据说
爱人不见,乌发会随之而去。你看
在一圈圈的年轮里,黑色
从她们长发上集体走失

（2019 年 12 月 28 日）

## ◆　　大运河

又乘渡轮

还是香云纱绿旗袍，春风散了

酒窝里月光破碎

（2020 年 4 月 3 日）

# ◆　托　词

还是要用语言包裹着，减去
坠落时万有引力

花瓣儿、沙砾、咖啡混合成温柔的轻抚
"你不要……"否定的开头没有肯定的拥抱

奔跑中的风无暇分辨
某些水分子的灰色构成

来，让我们沉醉春风、秋月
吹皱清晨第一滴鸟鸣——
所有可以远离被冰川纪笼罩的那片桃林
之事，统统为我所爱

后来，我从常羊山瞳孔的黑色走过
石头们仍深眠不醒

（2020 年 4 月 15 日）

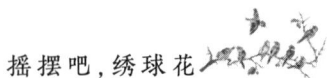

## ◆　飞　蛾

夏风灶台吹拂
火焰温暖诱惑
焰火吸引
撩人夜晚倾诉
飞蛾传说

"若偏执是错，我愿意
一错再错"

不是破茧成蝶，不是展翅
高飞。是扑火
直线曲线都逃不过
基因里遗传
千年与火缔结的承诺

火焰不解，那灰烬啊
怎会让皱纹流泪

（2020月4月20日）

◆　　**迟来的春天**

霓虹又点燃

城市天空

星月随意

这个春天

所有天气修剪整齐

海棠、郁金香、金百合、相思梅、牡丹园林栽植

草莓击鼓传花到榴梿

榆钱、槐花、荠荠菜扭动春风

车流还像生活一样井然流动

云朵被捏泥人的手揉捏。落日

春光漫漶，看不出迟到的印记——

笑靥隔离，更利于

健康防护

陌生街道

淡紫色梧桐花瓣上

没有影子行走

（2020 年 5 月 15 日）

## ◆　知　了

水立方绿裙女孩欢笑

残奥会，义肢奔跑

永夜中知了呼唤成长


"知否，知否，应是绿肥红瘦"

纪念日，知了蜕皮上树，煽动透明羽翼

月色闪亮

绿荫里有叶片脉络模糊，枯黄颤动

生命正在赶来

（2020年5月30日）

## ◆ 红月亮

地铁电梯传送出
份份仰望

命运应和谁的飞翔
几亿光年前,洁白燃烧

暗黑中世纪前的古埃及催动
涨潮尼罗河运金字塔石块
后来,长城无泪
兵马俑排面肃穆
莫高窟琵琶反弹
龙门石窟端坐

放下吧
周朝滚烫的火也曾推演八卦

又红又圆的月儿忘了
约好的仲夏晚晴天,没有清婉回眸

055

(2020年5月31日)

## ◆　　原谅我的身不由己

高数课,风声聚集
指尖悄离查拉斯图拉宣讲
转身,露水打湿紫间色襦裙裙角
柔软被消音

一目三行
拨动木质算珠,速记
云朵呢喃
报表附注下小逻辑葱茏

唇瓣气息在字词间游弋
沉迷。原谅我
像原谅秋风中,那不知名的朝颜盛放
如此眷恋这虚幻之美

（2020年8月1日）

◆　　**我不知道风往哪去**

风声已凉入骨
惊堂木下倒立
莫须有的旁白

（2020年9月1日）

静　默

## ◆ 炊 烟

洗白记忆里炊烟

有母亲悠长的呼唤

亲吻着饥饿、纠结和牵绊

在林中的树木间缓缓升腾


葱茏的碧叶里,橘子金黄

彼伏的蛙鸣中,虫儿和声

石榴挂树枝上,桂花芳香

为何还要奔向空中

袅袅成我儿时不解的谜团

朦胧的暮色和晨光中

梦沉沉的怀思

麦穗温柔摇晃

炊烟弥漫成

馍香、菜肴、母亲的目光

和小径轻轻低语


舒展炊烟的羽翼,逆光飞驰

就着芦苇的催眠曲

丰满岁月里的村庄

（2014年3月2日）

# ◆　春　绣

三月草木的丝丝经络
驿站花儿的盈盈轻灵
从五千年微光的深处浮动暗香
绣得出春色旖旎吗？

牧笛吹奏着牛羊嬉游
农人插禾中百鸟和鸣
从四季轮回的明天里传出声韵
绣得出田舍人家吗？

雕刻好蒲公英的紫色纽扣
舞弄着落红的遥遥归途
从原野森林里漾开欢笑
绣得出梦幻之境吗？
针针刺出一种疼
件件诉说一个等
铺满绣框的整个春天
绣出一双鸳鸯吗？

（2014年4月16日）

## ◆　勿念他归

不谈想念,不谈爱

不谈战事,不谈恨

只谈一撇一捺一点一横还有一竖

哪里有情,若没有你的句子

哪有有苦,若没有你的传颂

回首,你在灯火阑珊

媚眼如丝氤氲在历史的空气,还有素手与清泪

一蔬一饭失味,一唱一和失聪

唯余石头还有温度

恩宠和冷漠,欢愉和悲歌

一粒麦子有你也能诉说衷情

你是谁,谁是你

你在所有,所有在你

风雅颂和楚辞是你,唐诗宋词是你

元曲与后现代都是你,不变是你

改变是你

你说,勿念他归

（2015 年 10 月 29 日）

## ◆　中秋桂香

高悬夜幕的不止星光
年轻的脸虔诚在奶茶铺前
等AI为问题配对答案
有深渊

院里桂花,繁复绽放
芬芳。阳光透过香气
稚子追逐桂树下黑猫
跃过预言

明天再出发吧,途经人生风景
今夜静守圆月,金桂收藏清风
拥抱泥土

（2018年10月3日）

## ◆　雨

晶莹剔透着奔赴大地吗
相遇。允许枯叶放歌
允许悲伤,允许此消彼长的秘密
允许期待

路过沧海之外桂香,明月当空
星光灿烂。
飞往春天的航班没有延误
雨水滑落玻璃门外。以梦为马

（2018 年 10 月 30 日）

## ◆　　路过春天

初春晌午打坐在巨大时光裂缝

海棠花招摇黄杨木窗外。桃瓣杏花也在

茄汁面和卤鸡腿热情相拥

西红柿牛腩从北京的上地①穿越而来

十二年前,清华园自行车易丢

拿锁的人比比皆是

橡树园房价贵。八千啦

经适房排两年都排不上。不排也罢

零五年,地铁口,均价四千

每一个亮灯的窗口都像极了北京户口。没有

限号

朝鲜冷面里的朝鲜姑娘彬彬有礼

大运村的手工卷馍永远排队。楼下米线店

永远流行伤感

北航体育场永远有运动的人群

寝室里体重不如麻辣香锅

---

① 上地是北京的一个地名,笔者曾在那里的北京航空航天大学学习生活过一段时间。

化工所大排档不影响图书馆的日常——
永远在夏季蝉鸣中远走

他们说中财面食为最——
传说中的老北京炸酱面
后来带上了河南范儿

（2019年4月2日）

## ◆　汉江过江城

珞珈山樱花已谢,黄鹤楼里

"鹅"墨迹未干。龟蛇山间有束光

运载川流不息人车

父母带我们品户部巷清蒸武昌鱼

鱼眼给外孙

斑驳树影轻随父母步履

那时青草繁茂,树荫浓郁

夜幕下汉江切入幻梦模式

江风并不急

缓缓嬉戏江水。轮渡下那些水

涌上来被打碎,支离拼凑后涌上来再被打碎

周而复始又生生不息

江风吹拂母亲黑发,也不急

外孙拍下瞬间

昙华林知了不再赶考,

很多老房子成了风景,白发丛生

江风仍不急——

(2019 年 4 月 30 日)

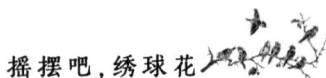

## ◆　猫　妮

奶奶最多时拥有九只猫妮
和我争夺奶奶的枕畔，我总是赢
猫咪示威。我还是夜晚的赢家
奶奶摸着我肉乎乎的小脸说
你是我最亲爱的宝贝

小区搭建猫棚，黑猫却钻入楼宇夹缝
第一场雪后，夹缝中挤出更小黑猫
我轻唤"猫妮"
落满雪的猫棚晃了一下
明晃晃的星空也晃了一下

此时深秋，人世在青砖白瓦之外

（2019 年 9 月 30 日）

◆　**过　年**

乡音,锈在镰刀中……


兽出没
有人见它,扑向荒凉的饭香

(2020年1月24日)

## ◆ 我们何尝不是一片雪花①

一场又一场跌宕喧嚣

在夜色里用洁白叠加洁白叠加

至黎明绽放


我在你走过的地方走过

你们的声音汇成逆行背影

"同呼吸，共命运"

无可计数眼睛春暖花开——


在人民深紫色根系


我们何尝不是一片雪花

融入用旧的融化里

向树枝的影子深深鞠躬


（2020年2月8日）

---

① 本诗为歌颂在抗疫斗争中为人民幸福安全做出巨大牺牲的全体医护人员而作。

◆ 思

——悼游子雪松①

活在憧憬里的小愿望蓦然落空

那些纸上城墙与怀乡

那些厚重绿色冬天垒出的念想

从一个名字跑出了悲伤

"苦一苦，城河与我都会等来／一枚明晃晃的春天"②

六棱冰晶都会融化

见想见的风景　陪愿陪的孤单

你看　多像高过人间的梦想

（2020年2月14日）

073

---

① 游子雪松，本名陈学松，安徽省寿县人。长淮诗社主席团成员、副社长，安徽省作协会员，乡愁诗人。出版个人诗集《我的乡愁依山傍水》。

② 选自游子雪松老师的《佛光》一诗。

◆　　**静坐思**

落地窗镀上金色宁静

天空单调入场

一粒米饭粘在苍茫人间衣襟

烟花遗失

血管嫁接不上火焰


白云如雪，只可入梦

黑夜连着黑，对诗的课桌消失

在比黑色更黑之处

白昼连着白，写诗的手机消失

在比白色更白之处


霞光山腰迷离

这寒冬的窗外，阳光和煦

沙漏翻过三遍

"嘭"　黑罩下所有清脆

（2020 年 2 月 17 日）

## ◆　遥望庚子黄鹤楼

蛇山之巅"黄鹤楼"是 1797 岁地标
虽此新楼芳龄 35①
毛茸茸新漆仍盖不住嘈杂
神仙离去没叮嘱"慎食"
黄鹤楼梳理羽毛
俯瞰长江大桥是永不凋谢璀璨

乘黄鹤在十万粒云朵间穿行
此时,蓝腊梅花瓣干硬成深蓝块垒
崔颢、李白、白居易、陆游醉饮
樱花陈酿。

春色乱,我进不去黄鹤楼云朵迷宫
辜负半枝蓝腊梅。

（2020 年 2 月 18 日）

---

　　① 黄鹤楼初建于公元 223 年,历代均有修葺。现在的黄鹤楼为建国后重建,1985 年完工。

## ◆ 母　亲

花白头发晃动着皱纹开裂

蜡黄脸庞挤出日子的胆汁

儿子说"我的妈妈不是这样啊"


红富士的脸庞，笑似银铃

蓬松的黑发，豆腐般的手牵着

他怀抱篮球，走进夕阳

儿子不知道该怎么写出

我这个母亲的辛苦。作业要求

写出辛苦的母亲


在我做母亲那天

我的母亲挎包里装满现金，拦住

婆家要我去农村生产的要求


"妈妈，你脸好黄，这是你辛苦的表现"

台灯柔光打在我脸上。宝贝

永生花，不过是液体胶的凝固

（2020 年 5 月 10 日）

◆　　**蔷薇背面**

立夏
高铁飞驰
老院子香气弥散
入住蔷薇背面


雨水涤荡日历
蔷薇小心掰开蓓蕾，晾晒花蕊
我隔离地铁和39层办公楼
在蔷薇的旷野狂奔


闭合瞳孔　穿越云海
瓣瓣蔷薇回归大地
凉风起
记忆失忆


（2020年5月12日）

077

## ◆　天黑黑

范爷爷没过河的马，又被吃

余帅和两卒

"认输吧！"看客起哄

不！倔强的色彩将范爷爷涂抹

左躲右闪

两个卒逼宫

车马炮在弱卒面前失效

"平。"范爷爷收拾残局，抬脚

踩着晚霞的尾巴

慢腾腾拿着小板凳挪动

"又是平，没劲！"

好像，他们不曾遇难

范爷爷许诺

回去给我寻更甜的糖

天又黑了

我盖上拱形铁锅锅盖

咖喱土豆烧牛肉"咕嘟咕嘟"

静　默

不需加抢不到的糖——
范爷爷再不会出现
在6岁女孩的面前

（2020年5月16日）

## ◆　偏　旁

字和字离得近，偏旁混同
还没抬脚，命运已踏空

汉字燃起的火焰跑出纸上墨
偏旁分离又重合，新的字要改写
不甘心的灰烬

三维空间有序流淌
偏旁摆正笔画仪态，看——

门卫阿姨领着傻老伴在小区巡视
大醉的偏旁夜半归来，与影子兑现完整
按摩的盲人夫妇，偏旁摸索着偏旁

私人感受不是公共事件的偏旁
下雨就关好门窗。火焰受潮
会忘记偏旁唯一的道德

（2020 年 6 月 28 日）

历史的回溯

## ◆　　在人间

玄武门青苔小心藏起千年秘密

桃花瓣撞翻盛唐涟漪

沉醉眼波万顷

一曲霓裳羽衣拂动整个

摩肩接踵王朝


倩影遁入斑驳墨迹

熏香弥漫华清宫四季

安置好每一朵雪花

长生殿执手盟誓。醇醇

清风的春梦


候鸟过沉香亭落雨

流年烙出琉璃绛色脉络

薄凉的雾漫过马嵬坡——

断壁残垣早遗忘那缕未挽青丝

青冢荒草已掩埋那方未结绣帕


独饮星光,她浅笑盈盈

时光失去意义的轴心，直到

春风拂过

（2017年10月20日）

## ◆　上古一隅(组诗)

### 应龙和女魃

神的脚下盛开赤水火莲
南方不再梅雨,北方不再炎热
歌声穿过天齐岁月
落在日渐石化的掌心

别人可以有一千个爱人
一滴水可以含着一滴水
一簇火可以暖着一簇火
风从冀州吹到黄泉海

树木长进身体,野花盛开
透明的草越长越高
紫色鸟在胸前筑巢
嗷嗷待哺

### 夸父记

粉色桃花涸入上古韶光

香气痴缠

夸父山借来白月光

为红色的石头引路

水月镜花不是你

缘来缘去不是你

你没有眼泪

灼灼的眼睛发笑


奔跑

蓝色的骨头向前,血流如注

乡音堆积的故乡,衣衫褴褛

巨大的身影后

红色的石头缄默

时间之外的空间

石屋炙燃成灰烟

你没有五彩石

你认定

太阳就是谜底


绿色的风流泪,桃花绽放

红色的石头开始涌动

## 洛河的仓颉

洛河不知各种鸟足迹的区别
洛河不知何年何月有何不同
洛河知道每只鱼虾的乳名
洛河知道每块石头的喜好
洛河将记忆刻在粗粝的石面

巡游的仓颉在
黄河和洛河的交界,看
跃出黄河的龙马负图
逆流洛河的灵龟负书
给予自己神圣使命

后来,风轻轻讲给洛河
最初的易经八卦

洛河认识阳虚山两百个结绳的人
散开绳结那天,天降谷粒
洛河听部落说六种文字
指代象形声形会意转注假借
洛河路过仓颉造字台,有凤凰衔书

洛河刻了很多歌,歌唱

那天的仓颉

## 共工,共工

不周山很疼
嘶鸣呼喊杂沓步伐
撕裂不周山
还好有火,女蜗冶炼
红黄青白灰的五色石浆

清溪里小鱼游过光滑的鹅卵石
雪白兔子跳入丛林深处
吃饱的老虎悲悯地衔回小马驹
还给马群

共工,共工
沉入波光潋滟深处

（2017 年 11 月 30 日）

## ◆　落　雪

（寂寞空庭春欲晚，梨花满地不开门。——刘方平）

千年未融的不是雪，洁白

不是六瓣冰凌光芒

不是刀锋注脚，不是金桂飘香

不是雪烬醉天涯。梨花若雪

烛光映青丝，纸微凉

墨迹干。枕上生白发

月华洒空阶，枉凝眉

更漏咽。前尘辞长夜

雪舞　春风绕过结冰的发梢

（2018年2月1日）

## ◆　点　滴(组诗)

### 扁鹊山上的铜孔雀

美丽端庄优雅
他们说你是传说
可是,我不喜欢你
没有温度和灵魂的雕像

### 诵

经书漫卷,西风烈
古井泉热气腾腾,汗水
也热气腾腾
晨诵,比雪白

### 寂　寂

安静倾斜的
一缕烛光在丝绒夜幕
的帷幔上
绣花

(2018 年 2 月 18 日)

## ◆　碑林，碑林

大夏石马抖擞棕色皮毛仰天长啸
跃过文昌门，守护
盛唐起存真迹
景云钟紧伴

孔庙肃穆虔诚。德配天地
道冠古今。川流不息的夏令营
莘莘学子仰望着仰慕
泮池无波，棂星门无言。喧嚣
浮云别流水。没有菩提树
有屹立的石台孝经

气贯长虹。明月漫过寂寂长安城
醉了的张旭笔走龙蛇

（2018年7月15日）

## ◆　　什刹海圆月

枫叶，牵不住流水心事
酒吧喧嚣淹没在夜色
鹅黄色旗袍缓缓走过
南锣鼓巷望着高天沉默
前海后海西海，连不成嫣然一笑
月色，映不出半点婀娜
汉白玉栏杆遇不见十年前自己
斑驳木船不懂命运

传说什刹海没有时光刻度

（2018 年 10 月 19 日）

## ◆ 归德痕迹(组诗)

### 踏 浪
#### ——寄庄子

漂流在时光的断层

偶遇,你说

相濡以沫不如相忘于江湖

鲲鹏随你而来

恬淡寂漠鹓鶵起舞

白驹过隙

你说起抱柱而亡尾生,缄默

醉倒石桥

彼时,如梦之梦外的浮生

你愿与蝴蝶莫逆于心

万物为一

月光皎洁

没有眼泪没有悲号

鼓盆而歌,你说

夏虫不可语冰

水静伏明

我渐渐将时光结网

## 桃花扇，秦淮河

归德府重重剑影

烙入桃花扇

青砖里的嘈杂依旧

还有一湖绿水，人云亦云

只有金陵的风是安静的

准备接回姑娘

莲花兀自盛开，却抵不上

书香漫屋，谁说

泛滥的美如果不用，就是遗憾

看，碧血感动了桃花朵朵

掠过历史的微澜，和未老先衰的白发

秦淮河，遗落在梦里

被葱茏草木掩盖的香气

木质的画舫，沉睡的锦鲤

笑声在风中走远了

还有吗

在空无一人的河底

## 遇　见

兵临城下的微凉阳光里风云诡异
未死别,已生离
几千里路云和月,付谁说
前尘繁华在千骑万马地血腥厮杀
陌上无新桑

何时是好时,处处是迷离的火光
张巡啊,张巡
你遇见枯颓的泪水,你遇见流浪的远方
你遇见失措的流年,你遇见描摹的荷香
蚀骨之痛。千古之殇

若遇见是场宿命,命运的齿轮没有开启
梦境重重忧伤绵绵中,是谁
卷起庭前落花穿过你的记忆
尘世依旧,琴弦未断
时光成了黑色的守城石

### 与张巡书

沾染洁白鲜血也要坚守吗

烈焰炙燃晚霞红旗不倒
乌云压顶亦心怀一念
悲怆吗？浴火也要重生
血流成河之上城墙缄默

我不是你，我只有小欢喜
你不是我，你唯余大慈悲
你的故乡出产美玉，温润
以身殉国的肝胆
铁拳攥紧旗杆，血祭不是故乡的城门

今夜，月光微凉
灰色祠堂边冰雪仍未消融

### 不　退

你比羽毛轻盈。愿栖息花蕊
此时，你身旁水波不兴
一个盛世连着一个盛世。而你
站成黑色的守城石。时光静寂
国不是你的国。揉碎兵书

小城睢阳立起铜墙铁壁庇护富庶江南

香气缭绕王朝以此残喘。满口忠义的暗递投名状

你逆风而立,无谓结局

那些胜四万和十三万的战绩,那些更多

换不来援兵援粮


不退。你抱紧每一名兵士

你会一万零一种随机应变兵法。饥饿

困住战神张巡

"佳期未有期,负卿卿矣"

只道一日看尽长安花,不言国破山河安何在

站着死的英雄磊落肝胆

你看,万物失语,明月高悬

（2019年2月1日）

## ◆ 山陕会馆

中秋月光休憩于一片琉璃之上。古树
回忆少年悠扬唱腔。水袖扬
来往皆是客
大运河酒香飘荡却运不来清梦一场
我站在斑驳树影望一小块月亮

有人频频呼唤我的名字，我想回头
在我背后阴影里有一地金黄的快乐。我想回头
不能。前面还有必经的路途
前面还有清风明月

供奉关帝。我进香
每一炷香后都有鲜为人知的故事吗
我小心翼翼端着说不出口的句子
踩着比我大几百岁的青砖旋转——
那个在看台上喝茶的人最后成了谁？
而，我们都是天不亮还要赶路的人

（2019年9月20日）

## ◆　无　题

埃及公主巡视魔法宫时,神灯深眠

公主走后,魔法师踏上寻找神灯的路

慵懒月亮挂在尼罗河上

硕大棉朵沉醉稻香,歌声沉沉


八月白尼罗河高涨

埃及公主摘下爱慕长纱从青尼罗河进入撒哈拉

九月埃及人找不到他们的神

匍匐于神像脚下的众生祷告

占星师说星象已乱


法老还在建造金字塔

十一月河流不再丰沛流入沙漠

魔法师捧着神灯进城。众神归位

消失的公主渐被遗忘


魔法宫在落日下依旧闪闪发亮


（2019 年 9 月 21 日）

## ◆ 安徒生童话(组诗)

### 小红帽

那个小女孩一直活着
阳光下花朵清香微笑甜美
没有深渊

### 卖火柴的小女孩

不仅仅是冬天。在地铁里
我看到她也在瑟瑟
只是不再划最后一根火柴

### 丑小鸭

尘埃也有过妄念。空白
留给蹒跚而过的烤鸭
定格

## 豌豆公主

只有当生活不能自理,你才是
名副其实的公主
雨天你不能晾干自己的裙子

## 海的女儿

一万零一次我想是你。红色高跟鞋
嘀嗒走在注定失去的路上。勇敢的泡沫啊
我只有镣铐

## 白雪公主

没有七个小矮人就没有你
最后
你嫁给了王子

(2019 年 9 月 22 日)

## ◆ 回眸扬州(组诗)

### 仁丰里

救赎的灵魂需要照亮
字字千钧
初冬,风拂动诗鱼书院宣纸波光潋滟
仁丰里小小的心脏悸动了一下
萃园古井雾气升腾。匆忙行人
不在青石板上留下痕迹

下午三点布艺沙发可以端出苦涩咖啡
还可以将我唱给你听
隔壁酥油茶观燃灯。组团打卡网红店
傍晚,木质白垩纪折叠进孩子手掌
霞光漫卷。落日落进巷弄背影
风推着笑声远走

你看,柔软花瓣将微光刻入倾斜时间缝隙

## 扬州大运河

徐园有故事。游船歌声

娉婷过五亭桥桥洞,轻拂

湖水涟漪

没有白马的二十四桥　缄默


彼时,过路的人路过传说

此时,我们被白鸽环绕

瘦西湖掀开面纱一角,顾盼

长堤春柳摇曳如画。没有琴声


白塔晴云上空有蓝天白云穿越而来

## 虹桥书院

循着《语言之初》进入尘世中的窄门

别有洞天

十点一刻,阳光斑驳在语言之上

绘画和诗歌,梦境与现实

在一杯香茗前转身

## 东关街

所谓有缘就是擦肩而过的反方向

摇摆吧,绣球花

而我与你相遇两次

初冬,你的口袋仍充溢惊喜
永远年轻的曹起溍故居匾额彰彰
我只望一眼个园古老门楣就迷路
潘玉良故居看淡脚步杂沓
逸圃似尽未尽别趣横生
历史卷轴在青石板路展开——

（2019 年 11 月 10 日）

## ◆　　缺　口

长城哭倒了孟姜女

夫寻千里啊，临别日

再瞧一眼心有灵犀的某某某

（2020 年 2 月 23 日）

105

## ◆  人  间(组诗)

### 迷  信

在一座隐城里驻守自己的人
遇到过多少梦境

旧相识,广告里记下号码
火星语和金星文的撞击,北风南吹

想起你,就想起隐城大雨
雨滴和泪滴都顺应天意

而我,是那个不能陪你赏月的人
路远且艰,你一直留着那块压缩饼干

无需伶仃,你还是
更换光源,怕黑淹没我的人

### 索  引

宿命不是掌纹吐露

隐秘的暗语

以春天里的一滴鸟鸣为原点
建立生命烙印的索引

亏欠的山水有山楂树的味道
红灯笼挂满每一匝寻求自由的圆圈

寻求自由者仍寻自由
山楂味的山水直播赊销

"精神自由者仍然必须自洁。
他的眼睛也必须洁化。"

不要傲慢、揶揄、破坏和折断
自己的翼,将索引在年轮里放逐

糖葫芦奖励精神自由的索引
真正精神自由的索引得不到糖葫芦

## 读 史

从灰烬和热焰中引出明月。
推演八卦的手推动命运的轮盘

一个男人为一个女人建宫殿、造皇陵

昏乱的心合不拢手掌，月下刀光处有杯弓蛇影

而文字是描述自然的符号

我穿越三维壁垒触摸究竟的城门——

在衰老中纯粹


## 芦苇荡

植物园玫瑰墙热闹

芦苇荡无人

汽艇路过芦苇低头

扭转方向盘

岸边柳树重复拂动

芦苇要超越自我，崇高从俯首开始

渴望幸福


玫瑰香扑鼻，向日葵调转15度

阳光下笑容金黄

芦苇栏杆一样斜侧

没有人在这里找到拐杖


你看，月亮从向日葵梦里升起

影子在芦苇荡生长

## 在你们中间

相遇漫游路上

交织绝癫与巨壑的星辰

睡醒在你们中间

（2020 年 6 月 24 日）

节气

## ◆　　夏至未至

你是怀揣河流的人吗？
乌云啊，盈动在你脚印的记忆
没人回头

葡萄和柿子都青涩，而你
走不出悲伤的希冀
你带着谁的梦狂奔人生彼岸
山谷里没风，没雨，没河

香樟树的香气萦绕在生命之上

青春之后还有青春
暮年之后没有暮年
奋不顾身的认真，爱
暗夜里一双幽绿的眼睛，黑猫转逝
夏至不是仲夏夜，城堡没有王子
可能有无穷大的可能，无关你

灌醉岁月的河流，追无可追

113

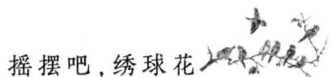

油伞书生不再记挂娘子,没有从前

站台还在,火车已易容

路灯还在,道路已改道

时间在夜晚流过,美

幻想飞在斯琴格日勒——

未至的不止夏至

（2016 年 3 月 1 日）

◆　　**立冬夜**

一阕词今夜相遇瘦金体
河舟上美人出舞。万国朝邦

清明上河图不知道
有天会离殇,会灌醉不能折返土地
大宋木质楼台上王小姐又抛绣球
甜蜜沸腾。且让繁花勿辞树

115

此时允许踏进月光
八寸菊花不赏
与红薯泥对视
"你看着我,就是在治疗我"

抚平灵魂。夜空有翅膀掠过

（2019年11月8日）

◆　　**大　雪**

杉木还在笔直生长。结局已在路上
真实是有罪的
"被发现的罪恶才是罪恶"
昭君图落下那个黑点,塞外的雪还原了洁白


大雪节气,万物不肯冬眠
黑色从我头发蔓延
大雁集体南迁时,那杯酒我一饮而尽

116

（2019 年 12 月 7 日）

## ◆　　冬　至

都市的叶子总是不愿落
风拂过最后绿意

包饺子是规定动作。剁肉声
"咚咚咚"重锤心脏
没冻掉的耳朵失了聪

最好有雪覆盖喧嚣
每个窗口洁白如颂词

（2019 年 12 月 28 日）

◆　　　**立春辞**

时光鸟，穿堂风。白昼雪缺位
一枚嫩绿到岗
切记　20秒洗净双手等待夏天


封存古井，不限食。工作电梯用秃笔按
然后笔帽隔离。84消毒液对假花喷洒
有路过的姑娘嚷　牙疼
驶离冬天的街道，由金黄和大红打造


一粒粒站台谨慎向四面八方后退

（2020年2月4日）

## ◆ 雨 水

拢好风,负重上山

要莲足蹁跹

如《梁祝》里半只蝴蝶。俯瞰垄头麦苗上色

水流和人流密织几抹璀璨

此时,屋畔草随心率摇摆

阳光如陈酿新启

119

弯腰蹬腿再上一阶啊。望不断

袅袅炊烟

我从一捆捆阳光中读出明亮

那个怀揣真谛的半只蝴蝶一定有所执

浸染两百朵香气入定

远香,被一缕春花勘破

月光粒粒惨白

多少雨水能洗净一声长泣

半只蝶翅上的褐红色粉末扭成圈圈漩涡

扭成万千闪烁

（2020 年 2 月 19 日）

摇摆吧，绣球花

◆　　惊　蛰

碑林里
逃亡的小笔画,越过
山峦和蓝天
落不到明天绘图笔尖
顺夜色而下

这一笔盛唐真迹,像
半块土壤
随处养活一颗种子,结穗
与人间对峙
还能再拔高一个节气

春雷轰鸣,长安真迹又蚀了点
导航复耕,麦苗轻轻吟唱

（2020 年 3 月 5 日）

◆　　**又见惊蛰**

翻一翻,旧泥土又有新词

陇上麦苗绿了又绿
翻一翻,皱纹又添新愁

日子都像削过皮的菠萝
区别是刀子游走的深浅
总有倦怠
菠萝肉里堆满菠萝皮
小米粥无需淘洗

这个没有春雷的惊蛰
像极了那个没有春雷的惊蛰

（2020 年 3 月 5 日）

121

## ◆　春　分

立春、雨水、惊蛰是我
牡丹、海棠、睡莲、雏菊、蜡梅是你

悲伤到此为止吧
清风吹来词语的恩赐

天空绽放银质光泽
湖水呢喃柔软涟漪
瞳孔写满文字
思绪涌动流年

2020 年 3 月 19 日

122

## ◆　谷　雨

背带裤在春天的地铁消失
阴影打过去又走回来。节气放弃
城市。步梯里骨节生长，哪根稻草紧抱
偏执。一捧水记不清
归途。

很多人立春前夜走失
地铁入口拥挤不绝

123

（2020年4月19日）

## 朦胧之下的锐利与深刻

煜儿的诗是消除了性别的，对日常生活的关注，对细节的描摹与表达通力，对命运的思考，让我看到一个优秀诗人，有时会通过词语进入哲学的边际。

——大卫（著名诗人，著有诗集《荡漾》，中国诗歌学会会长助理兼副秘书长）

煜儿的这些诗作，与叙事保持着一定的距离，基调仍然是抒情的，这一点，是难能可贵的。

——李不嫁（著名诗人）

年轻而精致，袅娜又娉婷，在小女儿与小妇人之间游离思索转换，像海棠花一样。

——胡铭铭（著名诗人）

煜儿的诗更适合用解析花朵来形容。煜儿诗具有花朵或鲜妍或雅致的表象，这主要体现在意象的多姿、题材的盛放。煜儿诗具有因结构的深层冒险折叠而来的芬芳，总是以简练的句子环抱而成曲折迂回。煜儿诗是此生寻找彼季的存在，拥有超前的"季节"属性。她在尝试领先于这个时代，用诗歌提前抵达未来，未来即是时间的远方。

——十耘（"十耘说诗"栏目创始人）

125

煜儿是一个以完整人格书写"分裂"诗歌的人。语法分裂，句式分裂，物象分裂。她在这种独特的文本中，通过大胆、细腻、热烈、新式的表达体验，准确地寻找到个人与时代的诗歌镜像，进而完成属于她自己的"歌唱仪式"。

——大枪（著名诗人，昭通学院文学研究院研究员，《诗林》杂志特邀栏目主持人）

煜儿的诗里有股侠气，这使她显得硬朗。但她用一条"湿淋淋的毛巾覆盖上世间"，表明她是一位侠骨柔情的安慰者。

——思不群（著名诗人）

煜儿的诗起点高，现代性强，这是我关注她诗歌的主要原因。

126

现代诗写作，天分是绕不过去的因素。煜儿的诗里，能够打动你灵魂的意象使用比比皆是。

——雪鹰（长淮诗社社长、出版人、客座教授。出版诗集三部，长篇报告文学一部）

煜儿的诗歌感受力丰富，观察事物有自己的视角，自己的方式，并且给予了鲜活的语言，从而带来了不一样的叙述效果。

她的诗歌减少了个人的抒情，减少了情感性的表达。通过语言揭示出人与事物之间的关系，力求在对事物的呈现中达到对世界的理解与认知。

——沙马（著名诗人、诗评家，出版诗集七部）

煜儿的诗里有遥远的事物，这种遥远是内在情感和外在词语的冲撞与翻转带来的。

和别人不同，她抵达诗歌的方式不是接近，而是放逐，所以才会有《和一朵玫瑰去莫高窟》这样奇异的作品。

玫瑰是纤薄的，也是易朽的，而莫高窟覆满时间的碎屑，这一切巧妙又残酷，清晰又迷离。

让玫瑰"摘下火焰"的不是飞天女神，不是风，也不是"时间消失"以后的空无，恰恰是诗人自己，是她携带玫瑰的信仰与众佛相遇后，选择了祈祷，随后又因荒凉消除了一些渴望。换个角度说，她避开了自身的阴影。

"最后的三瓣玫瑰"是火焰的残余，是从激烈走向宁静自我的表达，这当中包含的宽宥与慈悲虚构了一个真实的精神世界。

这首诗不单一写莫高窟，也不视玫瑰为爱的唯一意志，这世上有什么是我们可拥有的，又有什么是可以随时消失的？这首诗不给答案，但有线索。

——丁楠（著名诗人）

我经常对我的朋友说，作为诗人和作家，我们一定要尊重自己的感觉，尊重真实的生活，尊重自己的良知。无疑，煜儿做到了。在她发给我的作品中，可以说是佳作纷呈，每首诗歌都可圈可点，这是特别难能可贵的。

——张恩浩（著名诗人，中国诗歌学会理事）

## 花开花落，一生执着

### ——《摇摆吧，绣球花》编辑手记

2020年初春，我接到诗人煜儿的诗稿。在初审整本稿件后，我决定要帮助诗人把心中的这座秘密花园向世界坦诚。

与诗人煜儿的首次交流就伴随着思想撞击的绚丽火花，我与她通话了一小时二十分钟，真的如电视情节所说，"从诗词歌赋谈到人生哲学"。越来越多的创意在对话中撞击，我才慢慢知道原来煜儿喜爱阅读，还懂绘画和书法。

最重要的是，在深刻参与了现代生活的忙碌和混乱后，她仍怀着热爱，书写歌唱。

如何读懂一首现代诗呢？它们像风一样自由，如流星一般闪亮。

我埋首于案头工作多年，与各种参考文献、著录规范打交道，猛然抬起头来，看见桌上这位充满爱与生命力的"客人"，一时竟不知道工作该从何而起。

或许这本诗稿来的正是时候，它成为对抗我工作中单调性的防具，成为抵御外部世界繁杂的内心力量，让我放弃用声音、意象、诗行、节奏等基本元素去约束它。

书名《摇摆吧，绣球花》是我与诗人共同商定的，也是众多备选书名中我们十分中意的一个。它的最后敲定让这本诗稿有了一颗种子，盛开在挑战自由与想象的境域。这朵绣球花色彩浓郁，又清新柔美。

在整个编校过程中，我是小心翼翼的。那些扑向诗人的历史感悟和时代喧嚣，是她心里的另一个天地。诗人笔下的现代诗歌自由，充满活力，那些诗情画意，让读者可以分明感受到扑面而来的新鲜气息。书中的爱情颂歌热烈，时事评论淋漓透彻。回望历史时，初读起来，感觉诗人与一切都保持着距离，细看下来，却更能感受诗人的侠骨柔情，抱着"最后的三瓣玫瑰"离开时的温柔缱绻。

本书分为五个篇章，各有侧重，循着整本书的脉络，可以看到诗人往诗艺深处挖掘的痕迹。从抒情出发，却没有止于抒情，而是将诗歌化为一种力量。因为诗人喜从哲学角度去思考生命层面的问题，用词颇偏宗教色彩。在编校过程中，为了削弱这种色彩，文字改动甚多，但这都不影响诗歌传递出的生命力。

我与煜儿交流时曾问过她，诗人是否常常会有一些匪夷所思的内心世界？这个世界里，常常发生一件又一件在别人看来是错误的事情？煜儿告诉我，有内心世界是必须的，每一首诗应该是内心世界的记录。只有这样，诗歌才能充满想象力，又不失沉思的力度。或许这就是我们内心世界的区别吧。那些扑向我的困扰都被我挥手挡开，也无暇顾及，但都在煜儿心中沉淀下来，又变成悠长的呼吸吐露出来。花开花又落，一生执着。

诗稿经历了六次审校，增删更是不计其数。今即将付梓，回想过程种种，也曾为了一个字推敲万千，但千言万语，而未足穷其情，终难尽其意。

希望这本书对于熟悉诗歌的朋友而言会有重逢的惊喜，对于不懂诗歌的朋友则会开启审美的新境界。

诗歌永远是文学最尖锐的声音。